Analyse de l'œuvre

Par Delphine Leloup
et Johanna Biehler

La Cantatrice chauve

d'Eugène Ionesco

lePetitLittéraire.fr

Rendez-vous sur lepetitlitteraire.fr et découvrez :

Plus de 1200 analyses
Claires et synthétiques
Téléchargeables en 30 secondes
À imprimer chez soi

EUGÈNE IONESCO — 1

LA CANTATRICE CHAUVE — 2

RÉSUMÉ — 3

ÉTUDE DES PERSONNAGES — 6

Mme Smith
M. Smith
Mme Martin
M. Martin
Mary
Le capitaine des pompiers

CLÉS DE LECTURE — 8

Le théâtre de l'absurde
Une mise à mal du langage
Une critique de la bourgeoisie
La réception de l'œuvre

PISTES DE RÉFLEXION — 21

POUR ALLER PLUS LOIN — 24

EUGÈNE IONESCO

DRAMATURGE FRANÇAIS

- **Né en 1909 à Slatina (Roumanie)**
- **Décédé en 1994 à Paris**
- **Quelques-unes de ses œuvres :**
  - *La Leçon* (1951), pièce de théâtre
  - *Rhinocéros* (1959), pièce de théâtre
  - *Le roi se meurt* (1962), pièce de théâtre

Né d'un père roumain et d'une mère française, Eugène Ionesco qui, pour se rajeunir, dit être né en 1912, arrive en France un an après sa naissance et sera naturalisé français en 1951. Son œuvre théâtrale (*La Cantatrice chauve* ; *La Leçon* ; *Les Chaises*, 1952, etc.) a marqué la littérature : il est aujourd'hui l'un des dramaturges français les plus joués dans le monde. Soucieux d'être compris, il a aussi laissé de nombreux commentaires sur son œuvre (*Notes et contre-notes*, 1962 ; *Journal en miettes*, 1967, etc.). Il fut élu à l'Académie française en 1970.

Ionesco est le chef de file du théâtre de l'absurde, nouveau genre théâtral qui vient, au lendemain de la Seconde Guerre mondiale (1939-1945), bousculer les règles du théâtre classique.

LA CANTATRICE CHAUVE

DU THÉÂTRE DE L'ABSURDE DÉCONCERTANT...

- **Genre :** pièce de théâtre
- **Édition de référence :** *La Cantatrice chauve* suivi de *La Leçon*, Paris, Gallimard, coll. « Folio », 2010, 150 p.
- **1ʳᵉ édition :** 1950
- **Thématiques :** bourgeoisie, absurde, langage

La courte pièce de théâtre *La Cantatrice chauve*, publiée en 1950, met en scène deux couples de bourgeois anglais, les Martin et les Smith, dont l'auteur semble critiquer le chauvinisme, les habitudes de vie et la condition sociale.

Cette œuvre est estampillée « anti-pièce » par Ionesco lui-même. En effet, contrairement à une pièce de théâtre traditionnelle, celle-ci met en scène des personnages dont il est impossible d'analyser la psychologie et qui sont interchangeables (les Martin remplacent les Smith à la fin de la pièce). De plus, les dialogues incohérents empêchent l'action de progresser. Ce livre mêle la tragédie (avec, notamment, la mort de Bobby Watson) au burlesque des situations (les époux Martin ignorent qu'ils sont mariés).

Dans un salon anglais se tiennent deux époux anglais, M. et Mme Smith. M. Smith fume une pipe anglaise en lisant un journal anglais et Mme Smith tente de lui faire la conversation.

Cependant, ce qui est censé être un dialogue se limite à un monologue car l'homme, avide de lecture, ne répond que par des claquements de langue aux propos que lui tient sa femme. Entre ensuite Mary, la domestique, qui raconte sa récente sortie à ses patrons. Ceux-ci sont plus qu'heureux d'apprendre qu'elle s'est rendue au cinéma avec un homme pour regarder un film mettant en scène des femmes et, qu'une fois la séance terminée, elle a bu un grand verre de lait avec son hôte tout en lisant le journal. La discussion est lancée entre le couple : s'enchainent alors des anecdotes n'ayant aucun lien les unes avec les autres. On y aborde, entre autres, le repas anglais qui était fort bon, la mort d'un certain Parker à la suite d'une opération chirurgicale, le premier anniversaire du décès de Bobby Watson, le fait que ce dernier ait épousé une dame du même nom et ait engendré une progéniture se nommant également Bobby Watson, etc.

Les Martin, qui sont en retard pour le diner, sonnent à la porte et sont reçus par la domestique qui les brime pour leur retard. M. et Mme Smith les saluent et les sermonnent à leur tour de n'être pas arrivés à l'heure car leur retard reporte le moment du diner. Les Martin sont installés à table, l'un en face de l'autre. Ceux-ci ont le sentiment de s'être déjà vus quelque part. Au terme de longues recherches, ils comprennent qu'ils vivent sous le même toit et qu'ils sont très certainement mariés. Heureux de leur conclusion, ils scellent leur contentement par de grandes embrassades. Pourtant, Mary affirme qu'ils ne sont pas unis, bien que tout porte à le croire.

Mᵐᵉ Smith tente d'amorcer la conversation en réclamant à ses hôtes des anecdotes de voyage. N'en ayant pas de suffisamment intéressantes à relater, Mᵐᵉ Martin se borne à expliquer l'évènement extraordinaire auquel elle a assisté plus tôt dans la journée : elle a vu un homme refaire ses lacets. Tous les convives sont stupéfaits de cette histoire et chacun narre ensuite les bizarreries similaires qui lui sont arrivées dans la journée quand, soudain, quelqu'un frappe à la porte. Lorsque Mᵐᵉ Smith veut ouvrir, elle ne trouve personne derrière la porte. Elle revient donc à table, dépitée. S'ensuit alors un débat portant sur la question de savoir si, lorsqu'on sonne à la porte, il doit toujours y avoir quelqu'un derrière ou si, au contraire, il ne doit jamais y avoir personne.

On frappe à nouveau à la porte. Cette fois, le capitaine des pompiers, un vieil ami de la famille, se présente aux Smith et demande à entrer. Il salue les Martin et envisage d'ôter son casque, mais refuse de s'assoir, car il est pressé par le travail. Finalement, il garde son casque et prend un siège. Reconnaissant la voix du pompier, Mary entre soudainement dans la pièce et se jette à son cou. Elle est heureuse de le revoir car elle était jadis amoureuse de lui. Les étreintes des amoureux agacent les Martin et les Smith. Le pompier entame ensuite des protestations car les incendies ne sont pas assez fréquents depuis quelque temps et le travail manque. Rien d'étonnant, selon lui, car les gens les plus susceptibles de faire flamber leur maison, comme les marchands d'allumettes, sont assurés contre le feu et n'ont donc jamais de brasier à faire éteindre. La domestique est ensuite congédiée en cuisine et le soldat du feu quitte ses hôtes. À nouveau en comité plus restreint, les deux couples s'échangent des proverbes, des idées et des observations tels que : « La maison d'un Anglais est son vrai palais », « Mon oncle vit à la campagne mais ça ne regarde pas la sage-femme », « À bas le cirage », etc. (p. 89-101).

À cette dernière réplique, le ton monte, et un certain énervement se fait sentir entre les différents personnages. D'autres phrases absurdes dans le même style que les précédentes fusent jusqu'à la fin de la pièce.

Quand la lumière se rallume dans la salle de spectacle, les répliques de la première scène résonnent à nouveau. Cependant, elles ne sont plus énoncées par les Smith, mais par les Martin, qui ont remplacé le premier couple dans leur salon anglais pour fumer leur pipe anglaise devant un journal anglais.

ÉTUDE DES PERSONNAGES

MME SMITH

Mme Smith est une bourgeoise anglaise mariée à M. Smith, un authentique bourgeois anglais également. Elle est mère de deux enfants, comme elle le dit brièvement dans le premier chapitre. Cependant, ceux-ci n'apparaissent jamais dans la pièce. On en entend un peu parler à travers les anecdotes que racontent leurs parents à leur sujet.

C'est une personne assez bavarde qui aime apparemment parler pour ne rien dire, à l'instar des autres personnages mis en scène par Eugène Ionesco. Elle fait preuve d'un caractère plutôt fort : elle s'énerve à diverses reprises dans la pièce (elle se fâche avec son mari, elle s'énerve de ne trouver personne derrière la porte d'entrée et est mécontente de voir sa domestique aussi proche du capitaine des pompiers).

M. SMITH

On ne connait de M. Smith que de menus détails : il est anglais et fier de l'être, il fume la pipe et aime lire le journal. Il semble qu'il ait un esprit un peu taquin car il se plait apparemment à pousser sa femme à bout. Il s'amuse à la contredire et à débattre avec elle de choses sans importance.

MME MARTIN

Mme Martin, Elisabeth de son prénom, vient de Manchester, en Angleterre, et est mariée avec M. Martin, originaire de la même ville. Elle appartient à la bourgeoisie et a un enfant nommé Alice. Cette petite fille n'apparait jamais dans la pièce, mais son nom est cité par ses parents. On sait qu'elle a un œil rouge et un œil blanc. La maison du couple est brièvement décrite.

M. MARTIN

Son portrait est sensiblement le même que celui de sa femme.

MARY

Mary est la domestique de la famille Smith. Elle est jeune et dynamique. Elle semble aimer s'amuser et sortir, mais elle apprécie également le simple fait de s'assoir dans un café pour lire le journal devant un bol de lait. Sa bonne humeur a le don d'agacer Mme Smith qui n'a de cesse de lui faire des remarques. Comme toute Anglaise, elle est à cheval sur la ponctualité et brime les Martin quand ils arrivent en retard. Elle a également eu une aventure avec le capitaine des pompiers qu'elle aimait follement.

LE CAPITAINE DES POMPIERS

Le capitaine des pompiers est un farceur qui aime sonner aux portes, puis se cacher pour observer la réaction des gens. Il est malheureux car son travail n'est pas très fructueux : les incendies se raréfient dans son secteur. Il n'en garde pas moins une certaine bonne humeur et continue à livrer des anecdotes aussi « croustillantes » qu'absurdes à ses hôtes.

CLÉS DE LECTURE

LE THÉÂTRE DE L'ABSURDE

Durant l'après-guerre apparait une nouvelle forme de théâtre en rupture totale avec les genres classiques. Plusieurs noms sont utilisés pour désigner ce phénomène qui n'est ni une école ni un courant littéraire et qui cherche à mettre en avant l'absurdité de la condition humaine (le terme absurde signifiant « qui est contraire à la raison, au sens commun, qui est aberrant, insensé », selon le *Larousse*). L'expression « théâtre de l'absurde » est utilisée pour la première fois par l'auteur et critique dramatique Jacques Lemarchand (1908-1974). Il réunit sous cette appellation des dramaturges de l'après-guerre, principalement Eugène Ionesco, Samuel Beckett (écrivain irlandais, 1906-1989) et Arthur Adamov (dramaturge français, 1908-1970). Le nom inventé par Jacques Lemarchand sera consacré en 1961 grâce à la publication de l'essai de Martin Esslin, *Le théâtre de l'absurde*. Dix ans plus tard, Emmanuel Jacquart consacre une étude à ce qu'il appelle le « théâtre de dérision ». Bien qu'il se soit inspiré des travaux d'Esslin, Jacquart estime que le terme d'« absurde » n'est pas approprié car il met de côté l'humour présent chez ces auteurs. En parallèle à l'absurde et à la dérision, ce théâtre est parfois désigné comme étant du « nouveau théâtre » en référence au Nouveau Roman qui lui-même, par opposition au roman traditionnel, remet en question les notions d'intrigue, de psychologie des personnages et de cohérence.

Ces jeunes auteurs dits « absurdes » font partie de l'avant-garde qui se caractérise par un refus des normes (sociétales, politiques, académiques). Leurs écrits sont influencés par l'existentialisme dont les figures les plus importantes sont Jean-Paul Sartre (1905-1980) et Albert Camus (1913-1960) avec son *Mythe de Sisyphe* (1942) sous-titré « Essai sur l'absurde ». Ce courant philosophique postule que l'être humain est le seul maitre de sa vie, indépendamment de toute doctrine philosophique, religieuse ou morale. Dans son « Discours sur l'avant-garde » publié dans *Notes et Contre-notes*, Ionesco explique les particularités de l'avant-garde dans les années cinquante et comment lui-même trouve sa place dans ce mouvement :

> « Cette avant-garde, abandonnée, n'a pas été dépassée mais enterrée par le retour réactionnaire des vieilles formules théâtrales qui, parfois, osaient se prétendre nouvelles. Le théâtre n'est pas de notre temps : il exprime une psychologie périmée, une construction boulevardière, une prudence bourgeoise, un réalisme qui peut ne pas s'intituler conventionnel mais qui l'est, une soumission à des dogmatismes menaçants pour l'artiste. » (*Notes et Contre-notes*, p. 89)

La remise en question des conventions est un héritage du mouvement dadaïste et surréaliste, mais aussi du théâtre d'Alfred Jarry (écrivain français, 1873-1907) et son fameux *Ubu roi* (1896). La dénonciation de l'absurdité de l'existence de l'homme et de la banalité du quotidien était déjà présente dans cette pièce : « Le rideau dévoile un décor qui voudrait représenter Nulle Part [...], de même que l'action [qui] se passe en Pologne, pays assez légendaire et démembré pour être ce Nulle Part... » (« Autre présentation d'*Ubu roi*, in *Ubu roi*)

Dans la continuité de ce refus des règles et des dogmes établis, Ionesco sous-titre *La Cantatrice chauve* « anti-pièce » alors que le texte se conforme aux codes du théâtre : il y a une liste des personnages, le texte est découpé en scènes, les didascalies précisent les actions scéniques, les dialogues sont attribués à des personnages, etc. Paradoxalement, il réfutera toujours le terme d'« absurde », le trouvant inapproprié à décrire le monde qui l'entoure :

> « Je préfère à l'expression "absurde" celle d'insolite. Il arrive que le monde semble être vidé de toute expression, de tout contenu. [...] Mais ce qui est absurde ou plutôt ce qui est insolite, c'est d'abord [...] la réalité. Je me rends compte que j'emploie le mot absurde pour exprimer des notions très différentes [...] Parfois, j'appelle absurde ce que je ne comprends pas [...] ; [...] J'appelle aussi absurde l'homme qui erre sans but, l'homme coupé de ses racines essentielles [...] Tout cela, c'est l'expérience de l'absurde métaphysique, de l'énigme absolue ; puis il y a l'absurde qui est la déraison, la contradiction, l'expression de mon désaccord avec le monde, de mon profond désaccord avec moi-même, du désaccord entre le monde et lui-même. » (*Entre la vie et le rêve. Entretien avec Claude Bonnefoy*)

Le terme d'absurde est censé décrire l'absurdité du monde et donc, sa représentation sur scène. Or Ionesco estime que le monde n'est pas absurde. Par conséquent, son théâtre, censé dire quelque chose du monde, ne l'est pas. Ce n'est pas une considération d'égal à égal (le théâtre est le monde) mais un corolaire.

Toutefois, le théâtre de l'absurde n'est pas un courant académique aux règles bien définies et incontournables.

Il s'agit plutôt de points communs partagés par certains dramaturges des années cinquante. Nous en retrouvons certains dans *La Cantatrice chauve* de Ionesco, considérée comme la première pièce « absurde » :

- **le refus du réalisme, que ce soit dans les personnages ou dans l'intrigue**. Les personnages sont des archétypes sans psychologie ni profondeur, à tel point qu'ils sont interchangeables et seront d'ailleurs intervertis à la fin de la pièce. L'intrigue, prise au sens aristotélicien du terme, c'est-à-dire l'enchainement des faits, n'existe plus car il n'y a aucune évolution au cours de la représentation. La pièce recommence en un cycle sans fin. Ionesco note dans son *Journal* que « toute intrigue, toute action particulière est dénuée d'intérêt » ;
- **la dénonciation de l'absurdité (ou l'absence de logique) de l'existence**. Ionesco se rapproche en ceci du mouvement existentialiste. L'homme n'est que néant, dénué de sens. L'auteur connait bien les œuvres de deux représentants principaux de l'existentialisme comme le démontrent ses écrits dans *Antidotes* ou *Notes et Contre-notes*. Ionesco entretient une relation ambigüe avec Jean-Paul Sartre, faite d'admiration à la lecture de *La Nausée* (1938), puis de critiques à l'encontre de son dogmatisme intransigeant, tandis qu'Albert Camus suscite des éloges sans réserve et une profonde tristesse à sa mort ;
- **la dénonciation de l'esprit petit-bourgeois.** Pour l'auteur, il s'agit d'une mentalité faite d'idées reçues et de conformisme, d'une incapacité à exprimer une personnalité singulière ;
- **l'absence de signification du temps**. Le temps n'a plus

de signification, il est comme déréglé, ce qui entraine une perte des repères quant au temps de la fiction pour le spectateur. Ainsi, dans *La Cantatrice chauve*, la didascalie d'ouverture précise que l'horloge sonne « dix-sept coups anglais » après « un long silence anglais ». Mme Smith observe alors : « Tiens, il est neuf heures. » ;

- **l'absence de signification du lieu**. Comme dans *Ubu roi* de Jarry, l'action peut se dérouler « Nulle part ». Pour les auteurs dramatiques de l'après-guerre, il s'agit d'un « refus de reproduire la réalité telle qu'elle est construite par l'ordinaire perception [qui] ne les conduit pas à lui tourner le dos, mais à s'emparer du matériau qu'elle leur offre pour le miner ou l'illuminer de l'intérieur. » (ABIRACHED R., *Crise du personnage dans le théâtre moderne*, Gallimard, 1994) Dans la description du décor par exemple, la répétition du mot « anglais » le vide de son sens. Il ne signifie plus rien et devient, comme les personnages, interchangeable. Le salon pourrait également être turc ou italien, le fait qu'il soit anglais n'apporte rien à la pièce ;

- **l'absence de signification du langage**. Il ne signifie plus rien et ne sert qu'à échanger des mots eux-mêmes vides de sens.

UNE MISE À MAL DU LANGAGE

Par son vécu, Ionesco a toujours entretenu des rapports passionnés avec la question de la langue. Né d'une mère française et d'un père roumain, il arrive en France à l'âge de 2 ans, puis est rapatrié de force par son père à 13 ans. Il devra « réapprendre » sa langue maternelle une fois adulte.

Considérée comme la caractéristique principale du théâtre de l'absurde, la mise à mal du langage permet à l'auteur de dénoncer l'illusion de l'échange interpersonnel. Pour Ionesco, l'absurde réside précisément dans cette communication impossible : « [O]n appelle quelquefois l'absurde ce qui n'est que la dénonciation du caractère dérisoire d'un langage vidé de sa substance, stérile, fait de clichés et de slogans ; d'une action théâtrale connue d'avance. » (*Notes et Contre-notes*, p. 83) Pour le professeur Jean-Pierre Ryngaert, la langue de Ionesco témoigne d'une dépossession du langage. Le simple fait de parler est devenu une source d'angoisse.

Ainsi Ionesco avance-t-il, dans son *Journal en miettes*, sa perception du langage, l'angoisse qui saisit l'être quand il n'est pas en accord avec « son langage » et qu'il a l'impression que celui-ci a été remplacé par l'angoissante prolifération des lieux communs. Plus il en profère, plus il étouffe sous leur terrifiante banalité et plus il perd pied à la recherche de son être. Ce point de vue métaphysique sur le langage (qui sommes-nous si nous ne sommes pas notre langage, ou si un langage mort s'impose à nous chaque fois que nous ouvrons la bouche ?) s'exprime de manière obsessionnelle dans toutes ses pièces.

Quant aux dialogues, ils sont composés de politesse, de banalités et d'affirmations toutes faites. À la fin de la pièce, l'illusion de la conversation entretenue par les personnages disparait au profit d'une dispute parfaitement insensée car n'ayant aucune raison repérable. Ionesco a ainsi recours à plusieurs procédés pour déconstruire le langage :

- **des raisonnements fallacieux comme les sophismes et**

les fausses analogies, tel que dans cet échange entre les époux Smith qui aboutit à une conclusion hasardeuse :

> « M. Smith. – Un médecin consciencieux doit mourir avec le malade s'ils ne peuvent pas guérir ensemble. Le commandant d'un bateau périt avec le bateau, dans les vagues. Il ne lui survit pas.
>
> Mme Smith. – On ne peut pas comparer un malade à un bateau.
>
> M. Smith. – Pourquoi pas ? Le bateau a aussi ses maladies ; d'ailleurs ton docteur est aussi sain qu'un vaisseau ; voilà pourquoi encore il devait périr en même temps que le malade comme le docteur et son bateau.
>
> Mme Smith. – Ah ! Je n'y avais pas pensé... C'est peut-être juste... et alors, quelle conclusion en tires-tu ?
>
> M. Smith. – C'est que tous les docteurs ne sont que des charlatans. Et tous les malades aussi. Seule la marine est honnête en Angleterre. » (scène i)

- **les tautologies**, utilisées pour vider le langage de son sens. Les personnages répètent des informations déjà connues du spectateur. Quand Mme Smith annonce que « Mary a bien cuit les pommes de terre, cette fois. La dernière fois, elle ne les avait pas bien fait cuire » (*ibid.*), la seconde phrase n'apporte aucune information nouvelle, étant déjà sous-entendue dans l'expression « cette fois » ;
- **la fausseté des liens de causalité**, malgré la présence de connecteurs logiques. Quand Mme Smith annonce : « Nous avons bien mangé, ce soir. C'est parce que nous habitons dans les environs de Londres et que notre nom est Smith » (*ibid.*), la conjonction « parce que » sous-entend que le fait de faire un bon repas a un lien avec la

situation géographique. Pourtant, il est évident que l'un n'a aucune conséquence sur l'autre ;

- **les jeux de mots**. Voyez cette réplique de la scène xi : « Prenez un cercle, caressez-le, il deviendra vicieux ! » ; elle propose un jeu de mots à propos de l'expression « cercle vicieux » ;

- **les jeux avec les sons.** Ionesco peut recourir à l'homophonie, avec cette énumération notamment, qui est correcte à l'oreille mais met à mal la logique : « Le yaourt est excellent pour l'estomac, les reins, l'appendicite et l'apothéose » (scène i) ; ou aux allitérations (en d'autres termes, la répétition de consonnes) : « Toujours, on s'empêtre entre les pattes du prêtre. » (scène viii) ;

- **les nombreuses onomatopées** qui remplacent le langage à la fin de la pièce. Les personnages n'utilisent plus de phrase construite sur le mode sujet, verbe, complément, mais se contentent de sons isolés ;

- **les néologismes** (mots inventés par l'auteur) comme les « cacades » ou les « glouglouteurs » de la scène xi ;

- **les répétitions d'expressions figées**. Dans la scène iv, les époux Martin ne cessent de dire « Comme c'est curieux ! » ;

- **l'irruption de l'anglais,** quand M. Smith ouvre la porte au capitaine des pompiers (scène vii) ou à plusieurs reprises dans la scène ix par exemple ;

- **les contradictions** qui détruisent tout début de raisonnement. Les époux Smith évoquent, dans la première scène, la mort d'une de leurs connaissances, Bobby Watson. Or ils se sont rendus à son enterrement trois ou quatre ans auparavant. Ils y ont rencontré sa femme qui s'appelle aussi Bobby Watson. M. Smith essaie d'en faire un portrait :

> « M. SMITH. – Elle a des traits réguliers et pourtant on ne
> peut pas dire qu'elle est belle. Elle est trop grande et trop
> forte. Ses traits ne sont pas réguliers et pourtant on peut
> dire qu'elle est très belle. Elle est un peu trop petite et trop
> maigre. Elle est professeur de chant.
> *La pendule sonne cinq fois. Un long temps.*
> Mᵐᵉ SMITH. – Et quand pensent-ils se marier, tous les deux ?
> M. SMITH. – Au printemps prochain, au plus tard.

- **les anecdotes** dont les personnages semblent raffoler.
  Or elles sont soit d'une grande banalité (Mᵐᵉ Martin a
  vu un homme refaire son lacet, scène ᴠɪɪ), soit incompré-
  hensibles comme la « fable expérimentale » du pompier
  (scène ᴠɪɪɪ).

Le titre du texte est lui aussi un jeu avec le langage. Il ne
signifie rien à propos de la pièce car la cantatrice chauve
n'est mentionnée qu'une seule fois et ne joue aucun rôle.
Les personnages l'évoquent rapidement, incidemment, car
le capitaine des pompiers est sur le point de partir :

> LE POMPIER *se dirige vers la sortie, puis s'arrête.* – À propos, et
> la cantatrice chauve ?
> *Silence général, gêne.*
> Mᵐᵉ SMITH. – Elle se coiffe toujours de la même façon !

Pour l'auteur, c'est précisément parce qu'aucune cantatrice,
chauve ou non, n'est présente dans la pièce que cela fait un
bon titre. Il explique dans « La tragédie du langage » que
« ce détail devrait suffire. » (*Notes et Contre-notes*, p. 250)
Ionesco a longtemps hésité entre plusieurs possibilités

comme *L'Anglais sans peine* ou *L'Heure anglaise*. C'est pourtant un comédien qui a suggéré malgré lui ce titre, comme l'explique Ionesco dans *Notes et Contre-notes* :

> « Henri-Jacques Huet, – qui jouait admirablement le rôle du Pompier, – eut un lapsus linguae au cours des dernières répétitions. En récitant le monologue du Rhume où il était incidemment question d'une "institutrice blonde", Henri-Jacques se trompa et prononça "cantatrice chauve". "Voilà le titre de la pièce !" m'écriai-je. C'est ainsi que *La Cantatrice chauve* s'appela *La Cantatrice chauve*. » (*Notes et Contre-notes*, p. 257-258)

UNE CRITIQUE DE LA BOURGEOISIE

L'idée d'une critique de la famille et des valeurs bourgeoises anglaises vient à Ionesco en même temps que son envie de parler la langue de Shakespeare. En effet, se sentant un peu à l'étroit de n'écrire qu'en français et en roumain, il prend la décision de se lancer dans l'apprentissage d'une nouvelle langue et, pour cela, essaie la méthode « Assimil ». Il s'agit d'une méthode pédagogique qui permet d'apprendre progressivement une langue à l'aide de petites leçons de grammaire et de vocabulaire afin de parvenir à mieux fixer la matière dans son esprit. Elle comporte aussi un miniguide de conversation utile pour les touristes en immersion à l'étranger.

C'est ce manuel en particulier qui a intrigué Ionesco. Ce dernier l'a rapidement trouvé sans intérêt car bourré de clichés et de préjugés sur ce que recherchent les étrangers quand ils visitent l'Angleterre, mais également sur les propos que peuvent tenir les Anglais entre eux. Ce document a servi de base à l'écriture de *La Cantatrice chauve* bien que la critique sociale qui s'y trouve ne touche pas uniquement la bourgeoisie d'origine anglaise.

Le début de la pièce est un bon exemple de l'idée que se fait Ionesco de la bourgeoisie : des gens indifférents les uns aux autres qui vivent leur vie en parallèle même lorsqu'ils sont dans la même pièce (M. Smith ignore Mme Smith qui s'adresse pourtant à lui), signalant par là même la superficialité des rapports que les bourgeois entretiennent entre eux. Les personnages sont fiers d'être bourgeois car ils profitent des bonnes choses de la vie que leur confère leur statut. Ils en arrivent presque à penser que ces avantages leur sont dus : « Tiens, il est neuf heures. Nous avons mangé de la soupe, du poisson, des pommes de terre au lard, de la salade anglaise. Les enfants ont bu de l'eau anglaise. Nous avons bien mangé, ce soir. C'est parce que nous habitons dans les environs de Londres et que notre nom est Smith. » (scène i)

Ces personnages, difficiles à cerner, tiennent des discours aberrants, se contredisent, s'énervent, s'insultent, etc., ce qui entravent la vraie communication. Ce type de discussion fermée et déjà condamnée à l'avance est à l'image de la bourgeoisie selon Ionesco. En effet, les bourgeois oublient les choses essentielles (avec qui ils sont mariés, par exemple) pour ne retenir que ce qui est peu important (comme le détail de ce qu'ils ont fait ou de ce qu'ils ont mangé). L'auteur évoque également leur bêtise à travers leurs réactions atterrées quand ils voient des gens « normaux » accomplir des gestes simples (un homme courbé en pleine rue qui tente simplement de refaire son lacet par exemple).

Les bourgeois sont perçus comme fondus dans un moule, possédant une image et des propriétés communes à tous. On le voit notamment dans le passage traitant de Bobby Watson : celui-ci a pour oncle et tante deux Bobby Watson, sa femme se nomme Bobby Watson et ses deux enfants sont également appelés Bobby Watson. Le fait qu'on leur donne à tous le même nom signifie qu'ils sont tous assez similaires et qu'il est difficile de les identifier tant ils se ressemblent. Les individus formant les couples Martin et Smith, quant à eux, n'ont pas d'autre identité que d'être « Monsieur/Madame, époux(se) de ». C'est pourquoi ils ne sont pas dotés d'une personnalité propre.

LA RÉCEPTION DE L'ŒUVRE

La non-communication, l'absence d'intrigue et de personnages ainsi que la représentation peu flatteuse de la bourgeoisie ont déstabilisé le public de 1950 qui se demandait si on ne se moquait pas de lui. Beaucoup de spectateurs ont estimé que ce texte allait vite sombrer dans l'oubli. Lors des représentations, ils hésitaient entre rire de cette « anti-pièce » et sortir de la salle. Ionesco fut ainsi très troublé de les entendre rire, lui qui estimait avoir écrit une « tragédie sur le langage ».

Dans son article « Mes critiques et moi », publié en 1956 et repris dans *Notes et Contre-notes*, il expose les paradoxes de ses critiques qui le trouvent tour à tour talentueux (ou pas), drôle (ou pas), à la fois réaliste et métaphysique, etc. L'auteur ne sait trop quoi en penser :

« Je lus les chroniques successives d'un de mes critiques, choisi au hasard : celui-ci reprochait à mon théâtre d'être trop facile, sans secrets ; deux mois plus tard, le même m'objectait d'être surchargé de lourds et obscurs symboles. » (*Notes et Contre-notes*, p. 132)

La difficulté à qualifier son théâtre pousse les critiques à écrire tout et son contraire ce qui, en somme, en font des auteurs absurdes. L'ironie de la situation devient de plus en plus évidente à mesure que le temps passe. Malgré les nombreuses critiques émises lors des premières représentations de *La Cantatrice chauve*, la pièce est reprise en 1957 et connait enfin un succès qui ne sera jamais démenti. Depuis, elle est jouée au théâtre de la Huchette et détient le record du monde du spectacle représenté sans interruption dans un même lieu, faisant de cette pièce le répertoire du lieu.

L'œuvre d'Eugène Ionesco a acquis une reconnaissance mondiale. La récompense la plus prestigieuse reçue par le dramaturge demeure certainement son élection à l'Académie française en 1970 en remplacement de Jean Paulhan, grand amateur de son théâtre.

PISTES DE RÉFLEXION

QUELQUES QUESTIONS POUR APPROFONDIR SA RÉFLEXION...

- Comment expliquez-vous le titre de cette pièce ? Selon vous, résume-t-il bien l'intrigue ?
- Les personnages ont-ils une personnalité qui leur est propre ? Expliquez.
- En quoi cette pièce est-elle une satire de la bourgeoisie et de ses mœurs ?
- Estimez-vous que cette pièce relève davantage de la comédie ou de la tragédie ? De même, selon vous, est-elle optimiste ou pessimiste ?
- Qu'est-ce qui différencie le théâtre de l'absurde d'un théâtre plus conventionnel comme, par exemple, celui de de Corneille (1606-1684), de Molière (1622-1673), ou encore de Racine (1639-1699) ? Inversement, ont-ils des points communs ? Expliquez.
- Pensez-vous que le théâtre de l'absurde aurait pu voir le jour au xviie siècle ? Pourquoi ?
- Pensez-vous que l'absurde pourrait investir un autre genre que le théâtre ? Justifiez.
- Pensez-vous que le théâtre de l'absurde puisse dire quelque chose de notre époque ? Si oui, précisez ce qu'il en est dit et comment.
- Le théâtre de l'absurde s'est développé après la Seconde Guerre mondiale. Mettez-le en rapport avec le contexte historique de l'époque.
- Comparez *La Cantatrice chauve* à d'autres pièces absurdes comme *La Leçon* de Ionesco ou *En attendant Godot* de

Samuel Beckett (1906-1989). Mettez en évidence les différences et les similitudes qui existent entre ces œuvres.

Votre avis nous intéresse !
Laissez un commentaire sur le site de votre librairie en ligne
et partagez vos coups de cœur sur les réseaux sociaux !

POUR ALLER PLUS LOIN

ÉDITION DE RÉFÉRENCE

- Ionesco E., *La Cantatrice chauve* suivi de *La Leçon*, Paris, Gallimard, coll. « Folio », 2010.

ÉTUDES DE RÉFÉRENCE

- Abirached R., *La crise du personnage dans le théâtre moderne*, Paris, Gallimard, coll. « Tel », 1994.
- Degaine A., *Histoire du théâtre dessinée*, Paris, Nizet, 1992.
- Ionesco E., *Entre la vie et le rêve. Entretien avec Claude Bonnefoy*, Paris, Gallimard, 1996.
- Ionesco E., *Notes et Contre-notes*, Paris, Gallimard, coll. « Folio », 1966.
- Jarry A., *Œuvres complètes*, Paris, Gallimard, coll. « La Pléiade », 1972.
- *Les génies de la littérature. Les chefs-d'œuvre de la grande bibliothèque du monde*, tome xxe siècle, Paris, Atlas, s.d.
- « Le théâtre de l'absurde », in *Blog sur le théâtre de l'absurde*, consulté le 1er novembre 2010, http://letheatre-deabsurde.blogspot.com.
- Ryngaert J.-P., *Lire le théâtre contemporain*, Paris, Nathan, coll. « Université », 2000.

ADAPTATION

La pièce de théâtre *La Cantatrice chauve* a été présentée au public pour la première fois au théâtre des Noctambules, à Paris, le 11 mai 1950. La pièce avait été mise en scène par Nicolas Bataille qui ne l'a modifiée que très légèrement pour ne pas en gâcher l'essence. Néanmoins, en dépit de cette précaution, les représentations n'ont remporté aucun suffrage, et la presse s'est déchainée sur Ionesco en qui elle ne voyait qu'un écrivain moqueur et haineux des bourgeois.

Son œuvre n'a été reconnue à sa juste valeur que bien plus tard. Encore aujourd'hui, elle est régulièrement jouée dans le monde entier.

SUR LEPETITLITTÉRAIRE.FR

- Commentaire de lecture portant sur l'incipit de *La Cantatrice chauve*.
- Commentaire de lecture portant sur le dénouement du *Roi se meurt* d'Eugène Ionesco.
- Commentaire de lecture portant sur l'incipit de *Rhinocéros* d'Eugène Ionesco.
- Commentaire de lecture portant sur le monologue final de Bérenger de *Rhinocéros*.
- Fiche de lecture sur *La leçon* d'Eugène Ionesco.
- Fiche de lecture sur *Le roi se meurt*.
- Fiche de lecture sur *Rhinocéros*.
- Questionnaire de lecture sur *Le roi se meurt*.

Retrouvez notre offre complète sur lePetitLittéraire.fr

- des fiches de lectures
- des commentaires littéraires
- des questionnaires de lecture
- des résumés

ANOUILH
- Antigone

AUSTEN
- Orgueil et Préjugés

BALZAC
- Eugénie Grandet
- Le Père Goriot
- Illusions perdues

BARJAVEL
- La Nuit des temps

BEAUMARCHAIS
- Le Mariage de Figaro

BECKETT
- En attendant Godot

BRETON
- Nadja

CAMUS
- La Peste
- Les Justes
- L'Étranger

CARRÈRE
- Limonov

CÉLINE
- Voyage au bout de la nuit

CERVANTÈS
- Don Quichotte de la Manche

CHATEAUBRIAND
- Mémoires d'outre-tombe

CHODERLOS DE LACLOS
- Les Liaisons dangereuses

CHRÉTIEN DE TROYES
- Yvain ou le Chevalier au lion

CHRISTIE
- Dix Petits Nègres

CLAUDEL
- La Petite Fille de Monsieur Linh
- Le Rapport de Brodeck

COELHO
- L'Alchimiste

CONAN DOYLE
- Le Chien des Baskerville

DAI SIJIE
- Balzac et la Petite Tailleuse chinoise

DE GAULLE
- Mémoires de guerre III. Le Salut. 1944-1946

DE VIGAN
- No et moi

DICKER
- La Vérité sur l'affaire Harry Quebert

DIDEROT
- Supplément au Voyage de Bougainville

DUMAS
• Les Trois
  Mousquetaires

ÉNARD
• Parlez-leur
  de batailles,
  de rois et
  d'éléphants

FERRARI
• Le Sermon sur la
  chute de Rome

FLAUBERT
• Madame Bovary

FRANK
• Journal
  d'Anne Frank

FRED VARGAS
• Pars vite et
  reviens tard

GARY
• La Vie devant soi

GAUDÉ
• La Mort du
  roi Tsongor
• Le Soleil des
  Scorta

GAUTIER
• La Morte
  amoureuse
• Le Capitaine
  Fracasse

GAVALDA
• 35 kilos d'espoir

GIDE
• Les
  Faux-Monnayeurs

GIONO
• Le Grand
  Troupeau
• Le Hussard
  sur le toit

GIRAUDOUX
• La guerre de
  Troie
  n'aura pas lieu

GOLDING
• Sa Majesté des
  Mouches

GRIMBERT
• Un secret

HEMINGWAY
• Le Vieil Homme
  et la Mer

HESSEL
• Indignez-vous !

HOMÈRE
• L'Odyssée

HUGO
• Le Dernier Jour
  d'un condamné
• Les Misérables
• Notre-Dame
  de Paris

HUXLEY
• Le Meilleur
  des mondes

IONESCO
• Rhinocéros
• La Cantatrice
  chauve

JARY
• Ubu roi

JENNI
• L'Art français
  de la guerre

JOFFO
• Un sac de billes

KAFKA
• La Métamorphose

KEROUAC
• Sur la route

KESSEL
• Le Lion

LARSSON
• Millenium 1. Les
  hommes qui
  n'aimaient pas
  les femmes

LE CLÉZIO
• Mondo

LEVI
• Si c'est un
  homme

LEVY
• Et si c'était vrai…

MAALOUF
• Léon l'Africain

MALRAUX
- La Condition humaine

MARIVAUX
- La Double Inconstance
- Le Jeu de l'amour et du hasard

MARTINEZ
- Du domaine des murmures

MAUPASSANT
- Boule de suif
- Le Horla
- Une vie

MAURIAC
- Le Nœud de vipères

MAURIAC
- Le Sagouin

MÉRIMÉE
- Tamango
- Colomba

MERLE
- La mort est mon métier

MOLIÈRE
- Le Misanthrope
- L'Avare
- Le Bourgeois gentilhomme

MONTAIGNE
- Essais

MORPURGO
- Le Roi Arthur

MUSSET
- Lorenzaccio

MUSSO
- Que serais-je sans toi ?

NOTHOMB
- Stupeur et Tremblements

ORWELL
- La Ferme des animaux
- 1984

PAGNOL
- La Gloire de mon père

PANCOL
- Les Yeux jaunes des crocodiles

PASCAL
- Pensées

PENNAC
- Au bonheur des ogres

POE
- La Chute de la maison Usher

PROUST
- Du côté de chez Swann

QUENEAU
- Zazie dans le métro

QUIGNARD
- Tous les matins du monde

RABELAIS
- Gargantua

RACINE
- Andromaque
- Britannicus
- Phèdre

ROUSSEAU
- Confessions

ROSTAND
- Cyrano de Bergerac

ROWLING
- Harry Potter à l'école des sorciers

SAINT-EXUPÉRY
- Le Petit Prince
- Vol de nuit

SARTRE
- Huis clos
- La Nausée
- Les Mouches

SCHLINK
- Le Liseur

SCHMITT
- La Part de l'autre
- Oscar et la
  Dame rose

SEPULVEDA
- Le Vieux qui
  lisait des romans
  d'amour

SHAKESPEARE
- Roméo et Juliette

SIMENON
- Le Chien jaune

STEEMAN
- L'Assassin
  habite au 21

STEINBECK
- Des souris et
  des hommes

STENDHAL
- Le Rouge et
  le Noir

STEVENSON
- L'Île au trésor

SÜSKIND
- Le Parfum

TOLSTOÏ
- Anna Karénine

TOURNIER
- Vendredi ou
  la Vie sauvage

TOUSSAINT
- Fuir

UHLMAN
- L'Ami retrouvé

VERNE
- Le Tour
  du monde
  en 80 jours
- Vingt mille
  lieues sous
  les mers
- Voyage au
  centre de
  la terre

VIAN
- L'Écume des jours

VOLTAIRE
- Candide

WELLS
- La Guerre des
  mondes

YOURCENAR
- Mémoires
  d'Hadrien

ZOLA
- Au bonheur
  des dames
- L'Assommoir
- Germinal

ZWEIG
- Le Joueur
  d'échecs

L'éditeur veille à la fiabilité des informations publiées, lesquelles ne pourraient toutefois engager sa responsabilité.

© LePetitLittéraire.fr, 2016. Tous droits réservés.

www.lepetitlitteraire.fr

ISBN version numérique : 978-2-8062-8275-0
ISBN version papier : 978-2-8062-8276-7
Dépôt légal : D/2016/12603/276

Avec la collaboration de Johanna Biehler pour les chapitres
« Le théâtre de l'absurde », « Une mise à mal du langage »
et « La réception de l'œuvre ».

Conception numérique : Primento,
le partenaire numérique des éditeurs.

Ce titre a été réalisé avec le soutien de la Fédération
Wallonie-Bruxelles, Service général des Lettres et du Livre.